KB038489

웃는곰 동화꾸러미 21

새들은 알고 있다

글 심혁창 / 펜그림 심현남

도서출판 한글

새들은 알고 있다

2020년 2월 25일 1판 인쇄
2020년 3월 01일 1판 발행

편저자 심혁창

발행자 심혁창
마케팅 정기영 곽기태

펴낸곳 도서출판 한글
우편 04116
서울특별시 마포구 신촌로 270(아현동)
수창빌딩 903호
☎ 02-363-0301 / FAX 362-8635
E-mail : simsazang@hanmail.net
창 업 1980. 2. 20.
이전신고 제2018-000182

* 파본은 교환해 드립니다
* 정가 10,000원

*

ISBN 97889-7073-572-6-43830

이 도서의 국립중앙도서관 출판예정도서목록(CIP)은 서지정보유통지원시스템 홈페이지(http://seoji.nl.go.kr)와 국가자료종합목록구축시스템(http://kolis-net.nl.go.kr)에서 이용하실 수 있습니다. (CIP제어번호 : CIP2020006656

머 리 말

이 책에는 4편의 동화가 실려 있습니다.

첫째 이야기 새들은 알고 있다

사람은 새들이 하는 소리를 못 알아듣지만 새들은 사람이 하는 말을 다 알아듣고 떠돌이 사기꾼이 나쁜 짓 하는 것을 지켜보다가 경찰이 잡을 수 있도록 도와주는 새들의 의롭고 귀여운 이야기.

둘째 이야기 사자와 여우의 사랑

여우가 꾀는 말에 속은 사자가 착한 소들을 잡아먹지만 연약한 아기 호랑이를 발견한 사자는 엄마의 마음으로 아기 호랑이한테 젖을 먹이고 사랑을 베풀어 호랑이의 엄마가 되어 준다는 따뜻한 이야기

셋째 이야기 너는 무엇이 되고 싶으냐?

사람들은 동물들이 사람을 부러워할 것이라고 생각하지만 동물들은 뜻밖에도 왜 사람이 되고 싶지 않은지를 모르고 산다는 이야기

넷째 이야기 돌멩이와 민들레의 사랑

길가에 박힌 돌멩이 옆에 예쁜 민들레가 돋아나 돌멩이와 재미있게 지내며 사랑하지만 홀씨가 된 민들레가 하늘 높이 날아가는 걸 바라보며 민들레를 따라가고 싶은 돌멩이의 애틋한 사랑을 담은 예쁜 이야기

지은이

차 례

첫 번째 이야기

두 번째 이야기

세 번째 이야기

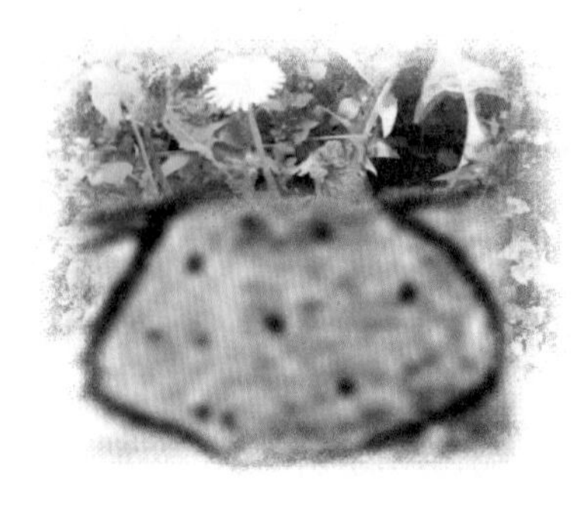

네 번째 이야기

첫 번째 이야기

새들은 알고 있다

사람들은 답답해

“짹짹짹짹. 먹자야,

나와 봐.”

참새 먹자가 대답했습니다.

“무슨 일이야? 짹짹?”

참새 날자가 말했습니다.

“우리도 주택문제를 근본적으로 해결해야 되겠어, 짹짹.”

“그게 어제 오늘 일이냐? 짹짹!”

“옛날이 좋았어. 사람들이 초가집에 살 때가 좋았어.”

“그렇지, 초가지붕 아무데나

파고 들어가면 둥지였고 지붕에는 먹을 것도 많았는데 기와집은 우리 수준에 안 맞아 짹짹.”

“나는 기왓장 틈에다 간신히 집을 이었는데 주인이 집을 헐고 다시 짓는다지 뭐야, 짹짹.”

“사람들은 왜 집을 지었다 헐었다 하는지 모르겠어.”

"날개도 없는 사람들이 그런 짓은 잘한다니까."

이때 제비가 나가와 갸웃갸웃했습니다. 참새 먹자가 제비를 보고 말했습니다.

"넌 뭘 엿듣고 있니 짹짹?"

"난 너희들 수다 떠는 소리가 재미있어. 너희들은 뱃속에 이야기 샘이 있나 봐 지지배배."

날자가 대답했습니다.

"우리는 짹짹거리는 맛으로 산다. 넌 집 다 지었니?"

"작년에 살던 집이라 약간 고치고 방만 꾸몄어."

참새 먹자가 부러워했습니다.

"넌 좋겠다. 집안 대청 위에 집을 짓고 사람들과 더불어 살고 사랑까지 받고 사니 말이야."

제비가 교양 있는 말씨로 대답했습니다.

"좋긴 좋아, 그런데 골치 아픈 것도 있다, 지배지

배, 지지배배."

먹자가 친구를 향해 짹짹거렸습니다.

"날자야, 우리도 제비들처럼 사람들한테 사랑 좀 받고 살았으면 좋겠다, 그지?"

"글쎄 말이야, 우리가 사람들한테 크게 잘못하는 것도 없는데 사람들은 왜 다른 새들은 다 좋아하면서 우리만 미워하고 내쫓는지 몰라."

福
아저씨
매워 죽겠어요
켁켁...

제비가 예쁜 눈을 깜박이며 말했습니다.

"나는 사람들한테 사랑을 받고 살아서 다 좋은데 우리들 말귀는 한 마디도 모르면서 우리가 사람들 말을 못 알아듣는다고 생각하는 게 답답해."

먹자가 말했습니다.

"집 안에 사는 너도 불만이 있니?"

"왜 없겠니. 내가 가장 싫어하는 건 담배 연기 냄새야. 그런데 우리 집주인은 아무 때나 담배를 피어대서 막 태어난 우리 아기들이 '엄마 저 냄새 싫어요, 다른 데로 이사 가요'하는 거야. 그래서 내가 '주인아저씨, 담배 좀 안 피울 수 없어요?'하고 지지배배 지지배배 하면 주인아저씨는 벌죽벌죽 웃으면서 '고것들 참 예쁘단 말이야. 노란 주둥이가 아주 예뻐, 어미가 노래까지 불러주네' 하고 내가 한 말을 노래라면서 하하하 웃는 거야."

날자가 맞장구를 쳤습니다.

"정말 사람들은 답답해, 우리가 하는 말을 한 마디도 못 알아들으면서 잘난 체하고 엉뚱한 소리를 한다니까."

먹자가 팔딱팔딱 뛰면서 말했습니다.

"아무래도 사람들을 위해 학교를 세워야 할까봐."

제비가 물었습니다.

"학교를 세우면 뭘 가르칠 건데?"

먹자가 머리를 요리조리 돌리며 대답했습니다.

"우리 말 교실을 만들어야지. 사람들한테 새들이

하는 말을 가르쳐야겠어. 도대체 사람들은 너무 무식해."

날자가 부리를 뾰족하게 내밀고 말했습니다.

"사람들이 우리가 하는 말을 들으면 기가 차다고 하겠지? 그러면서도 사람들은 머리 나쁜 아이를 새대가리라고 놀리는 거야. 우리끼리는 머리 나쁜 새를 사람 닮았다고 하잖니? 짹짹짹, 호호호."

제비가 말했습니다.

"나는 집 안에서 사람들이 어떻게 사는지 다 보고 듣고 알지만 너희들은 지붕 밖에서만 살기 때문에 집안사람들 이야기는 잘 모르겠지?"

먹자가 대답했습니다.

속 다르고 겉 다르고

"당근이지."

"내가 우리 주인아저씨, 아주머니, 큰아들, 딸들 이야기를 들려줄까?"

"좋아 들려줘."

제비가 이야기를 시작했습니다.

"우리 주인아저씨는 남들한테는 기가 막히게 잘하는데 집안에서는 엉망이야. 식구들을 달달 들볶는 데는 아무도 못 말려."

먹자가 실망한 듯 물었습니다.

"그렇구나. 나는 너희 주인아저씨가 동네 아이들한테 아주 친절하게 하는 것만 보고 좋은 분이라고 생각했는데 집안에서는 안 그렇다고? 실망이야."

제비가 대답했습니다.

"주인아저씨는 술을 마시고 오시면 식구들 앞에서 홀딱 벗고 소리를 지르고 한 말을 또 하고, 또 하고 밤새도록 반복하는 거야. 그러면 주인아주머니도 아들딸들도 다 잠을 못 자고 시달린다. 그뿐 아니야. 나도 잠을 잘 수가 없어서 아저씨 하는 짓을 보다가 답답하여 날아서 밖으로 나갔다 돌아오기를 반복한단다."

날자가 실망한 눈으로 말했습니다.

"사람들은 겉보기와 속보기가 많이 다른 것 같아. 그 아저씨는 안 그럴 것 같은데 말이야."

제비가 불만스런 말을 계속했습니다.

"내가 밖으로 나갔다가 이제 조용하겠지 하고 돌아와 보면 주인아저씨는 눈을 감고 누운 채 같은 소리를 되풀이하는 거야. 그러면서 식구들이 자러 들어가려고 일어서면 눈을 부릅뜨고 어디 가느냐고 고함을 치고 어떤 때는 주먹으로 때리고. 그러다가 나를 올려다보며 상냥한 소리로 '제비야, 너 아직도 안 자니? 그만 자라, 알았지? 잘 자라고, 자자, 이 아저씨가 참 재미있지? 하하하하' 하는 거야. 나한테는 아주 친절하고 사랑이 넘치는 얼굴을 하면서 자기 식구들은 못 살게 굴거든. 그러면 주인아주머니가 뭐라는지 아니?"

먹자와 날자가 한 목소리로 대답했습니다.

"뭐라고 하시는데?"

"나를 보면서 '내 팔자가 제비만도 못하구나. 제비야, 네가 부럽다. 이 꼴 저 꼴 보기 싫으면 훌쩍 날기라도 하지만 난 날개도 없고 갈 곳도 없구나.' 하시는 거야."

먹자와 날자는 또 한 목소리를 냈습니다.

"사람들은 참 답답하고 한심해."

제비가 날개를 폈다 접었다 하면서 다른 이야기를 꺼냈습니다.

"우리 주인아저씨는 집안 식구들을 들볶지만 큰아

들 집에 사시는 할머니가 오시면 아주 딴 사람이 된다. 지지배배."

먹자가 물었습니다.

"어떻게 짹짹?"

"주인 할머니가 오시면 술을 마시고 들어와서도 '어머니, 어머니 불쌍한 우리 어머니, 고마운 어머니' 하면서 귀여운 짓을 하고 그 날은 가족들한테도 얼마나 잘하는지 몰라."

날자가 말을 받았습니다.

"그 아저씨 이중인격자로구나."

제비가 물었습니다.

"이중인격자가 무슨 말이냐?"

"넌 그것도 모르니? 사람이 속 다르고 겉 다르다는 말이야."

"그렇구나. 우리 주인아저씨는 정말 그런 분이야."

먹자가 말했습니다.

"이러고 있지 말고 오늘은 그 아저씨가 어디서 무엇을 하는지 보러 가자."

"그래, 가보자 지지배배, 짹짹짹!"

제비가 높이 떠서 주인아저씨를 찾아냈습니다.

"저기다, 마을회관 가게 앞이다."

참새와 제비가 금방 가게 옆으로 갔습니다. 주인아저씨는 새떼가 왔지만 아무것도 모르고 술을 마시

며 동네 아이들을 가까이 불러 모았습니다.

"애들아, 이리 와라. 무얼 사줄까?"

가장 작은 아이가 대답했습니다.

"아이스크림이오요."

"그래, 다들 이리 와, 아이스크림 먹어라."

"정말이에요 아저씨?"

"암, 정말이지, 정말이고말고. 먹어, 먹어, 먹고 싶은 대로 먹어."

먹자가 날개를 깝쪽거리며 큰 소리로 말했습니다.

"나도 먹고 싶은데, 아저씨, 저는 안 되나요?"

아저씨는 먹자가 하는 소리에 눈길을 돌리며 소리쳤

습니다.

"이 참새 새끼들아 시끄러워, 저리 가지 못해!"

날자가 소리쳤습니다.

"우리는 새끼가 아니란 말예요. 사람들은 우리한테 어른 아이도 몰라보고 새끼라고 한다니까. 짹짹짹 짹."

이때 가게 주인이 술을 따르며 말했습니다.

"박씨, 혹시 이런 말 들어보셨소?"

"무슨 말이오?"

"잠시 후에 우리 가게로 아주 특별한 사람이 온다오."

"특별하다니?"

"그 사람은 얼마나 영험한지 새들이 하는 소리를 다 알아듣는다오."

"새들이 하는 소리를 알아들어요? 저것들이 짹짹거리는 소리가 무슨 말이라도 되는 줄 아오?"

"그렇다고 합디다. 잠시 기다려 봅시다. 그 사람이

오면 저기 있는 참새와 제비가 짹짹거리는 소리를 알아듣고 무슨 말인지 통역을 해 줄 것이오."

날자가 신기하다는 듯 고개를 갸웃거리며 짹짹거렸습니다.

"우리가 하는 말을 알아듣는 사람이 있다고? 내가 태어나서 지금까지 그런 사람이 있다는 말은 처음 듣는데 그게 정말일까?"

제비가 말했습니다.

"나도 이 마을에 십년이 넘도록 찾아와 살다 가지만 그런 말은 처음 듣는데 신기하다, 지지배배."

먹자가 재미있다는 듯 날개를 활짝 펴고 나무 위를 한 바퀴 높이 빙 돌아 내려앉으며 짹짹거렸습니다.

"저기 마을로 들어오는 산모롱이에 한 사람이 오고 있다. 저 사람이 우리말을 알아듣는다는 사람 같다. 저 사람이 정말 우리말을 알아듣는지 기다려 보자."

제비와 날자도 날개를 폈다 접었다 깡충거리면서

대답했습니다.

"그래 참 재미있겠다. 기다려 보자."

한참 후에 그 사람이 가게 앞에 도착했습니다.

새소리 통역사

가게 주인이 반가워하며 그 사람을 맞았습니다.

"어서 오시오. 오랜만에 오시었소. 오 선생."

"그간 별고 없으셨소?"

가게 주인은 제비네 주인 박씨 아저씨를 소개하였고 두 사람은 술을 한잔씩 나누며 오랜 친구처럼 이야기를 주고받았습니다.

제비네 집 주인아저씨가 물었습니다.

"듣자 하니 오 선생은 새들이 하는 말을 다 알아듣는다는데 그 말이 사실이오?"

"알아듣지요. 새들이 그냥 짹짹거리는 것 같지만 다 저희들끼리 주고받는 대화가 있답니다."

"아, 그래요? 나는 새가 짹짹거리고 제비가 지지배

배하는 소리를 그냥 짖는 소리로만 들었습니다."

"아니지요. 새들은 그냥 새가 아닙니다. 저것들은 귀신보다 영리하고 모르는 것이 없고 못하는 말이 없어요."

듣고 있던 제비가 놀랍다는 듯 말했습니다.

"참 신기한 일이야. 저 사람은 우리가 하는 말을 다 알아듣는가 봐, 지지배배."

제비네 주인아저씨가 제비를 바라보면서 말했습니다.

"그렇습니까? 저것들이 말을 한다고요?"

"잘 들어 보시오, 새들이 짹짹짹짹 하고 이리 날고 저리 날지만 다 이야기를 신나게 하는 것이랍니다."

"그렇습니까? 저 새들이 이야기를 한다고요?"

이때 먹자가 짹짹거리며 한 마디 했습니다.

"아저씨는 우리말을 알아듣는 점쟁이에요?"

제비네 주인아저씨가 물었습니다.

"오 선생, 지금 저 새가 무어라고 짖었소?"

"네, 저 놈이 지금 불만이 많소."

"무슨 불만이오?"

"배가 고프다고 뭐 먹을 것 좀 달라고 하는구려."

"그래요? 그럼 먹을 것을 좀 주어야지."

주인아저씨는 가게 앞에 있는 밀알을 마당에다 끼얹었습니다. 먹자가 제비를 보고 물었습니다.

"가서 먹을까?"

날자가 먼저 날아 내려앉았습니다. 그리고 밀알을 쪼아 먹었습니다. 그것을 본 제비네 아저씨는 아주 신기하다는 듯 말했습니다.

"오, 신기하오. 새의 말을 잘 알아들으시는구려. 저것들이 내려와 먹이를 쪼는 것 좀 보오."

"새들이 하는 말을 들으면 재미있지요."

"그런 것은 어디서 배우셨소?"

"산 속에 들어가 7년 동안 새소리만 연구한 결과지요."

이때 제비가 눈을 흘기며 말했습니다.

"아저씨는 말이 너무 많아요. 지지배배."

"지 제비가 지금 무슨 소리를 했습니까?"

"먹이를 주어서 고맙다고 하였소."

"아, 고것들이 인사성도 밝구려."

"새들은 예의가 바르지요."

제비네집 주인아저씨가 머리를 가로저었습니다.

"예의가 바르다는 말은 안 맞는 것 같소."

"그건 무슨 말씀이오?"

"우리집 대청 제비들은 아무 때나 똥을 싸서 골치요. 골치가 아파도 그것들이 예뻐서 싸놓은 똥을 치우지오."

"그건 사람과 새들 사이이고 새와 새는 질서가 있고 예의가 따로 있지요."

"사람과 새 사이라니요?"

"새들은 사람을 아주 깔봅니다."

"깔보다니요?"

"날개도 없는 사람들이 너무 복잡하게 산다는 것이

지요."

"하하하, 그 말은 맞는 것 같소."

이때 먹자가 공중을 한 바퀴 돌면서 응가를 찍 갈기며 소리쳤습니다.

"우리들의 말소리를 알아듣는다고? 거짓말 마."

제비네 주인아저씨가 물었습니다.

"지금 저 새가 무어라고 하였소?"

"먹이를 많이 주어서 고맙다고 하면서 똥이나 받으시지요 하였소. 놈이 농담도 제법 하네. 하하하."

"아니, 저런 못된 새가 있나."

"새들은 고마울 때 그런다오."

"그것도 아시었소?"

이때 제비가 소리쳤습니다.

"주인아저씨 그 사람 말 믿지 마세요. 아무 말이나 지어서 하는 소리라고요."

주인아저씨가 또 물었습니다.

"저 제비가 무어라고 하였소?"

"새끼들 밥 줄 시간이 되었는데 아직도 벌레 한 마리 잡지 못해 걱정이라 하였소."

"그래요, 요새는 전과 달라 농약을 많이 쓰다 보니 제비가 먹을 날벌레들이 줄어들어서 걱정이오. 선생은 제비 말을 알아들으시니 새들이 알아들을 수 있는 말도 할 수 있겠지요?"

"약간은 합니다."

거짓말쟁이

“저 제비한테 사람들이 농약을 많이 써서 미안하다고 한 마디 해 주시오.”

그 사람이 입을 쑥 내밀고 새소리를 냈습니다.

“빼찌 삐야삐야 수르찌지 기르그르찌째.”

“그게 무슨 말이오?”

“농약으로 너희들에게 피해를 주어 미안하다고 했소.”

“오, 대단하시오. 새들과 대화도 할 수 있다니!”

“이 정도야 아무것도 아니지요.”

“뭐 또 신기한 것이 있소?”

이때 제비가 먹자 날자를 보고 깔깔거렸습니다.

“얘들아 들었지? 저 거짓말쟁이 아저씨가 하는 말

말야."

"들었지."

"뭐야. 그게 우리말이라고? 우리가 그런 말을 한다고 호호짹짹."

제비가 빠르게 그 아저씨 머리 위를 날며 지지배배지지배배하고 응아를 찍 갈겼습니다. 거짓말쟁이 아저씨는 깜짝 놀라 일어서며 욕을 했습니다.

"저런, 저런 죽일 놈의 제비새끼가!"

제비네 주인아저씨가 말했습니다.

"이왕이면 사람 말로 하지 말고 제비가 알아듣는 말로 하시지요. 우리말로 하면 저 놈들이 알아듣습니까."

"아, 그렇구려. 또 이런 일이 있으면 제비가 가장 싫어하는 말로 욕을 해 줘야겠소."

먹자가 날개를 팔짝거리며 쫑알거렸습니다.

"엉터리 아저씨, 거짓말 좀 그만하세요. 우리가 사람들처럼 말을 복잡하게 하는 줄 아세요?"

제비가 돌아오다가 참새 이야기를 들었습니다. 그래서 주인아저씨한테 말했습니다.

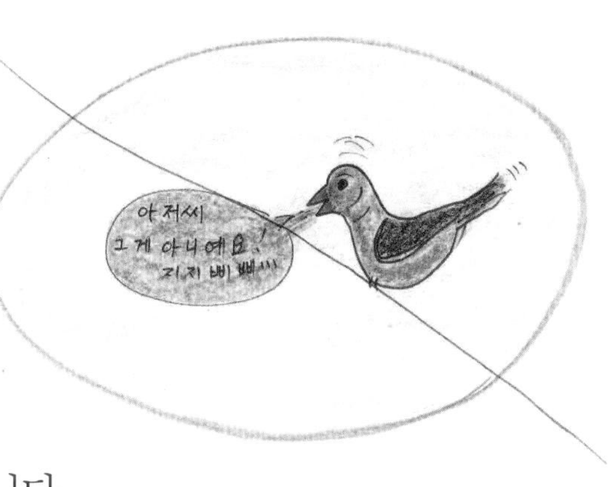

“아저씨, 저 사람은 거짓말쟁이에요. 그 말 믿으시면 안 되어요.”

이때 주인아저씨가 또 오 선생한테 물었습니다.

“저 참새와 제비가 뭐라고 했습니까?”

“참새는 제비 보고 어디 갔다 왔느냐고 묻고 제비는 오늘 자기들 말을 알아듣는 사람을 만나서 아주 즐거운 날이라고 합니다.”

“아, 그렇습니까. 오 선생, 대단하십니다.”

“뭐 그렇게까지 감격하실 건 없지요. 이 정도는 아무것도 아니니까요. 술이나 한잔 더 사시오.”

“네네, 이렇게 훌륭한 분을 만났는데 당연히 약주

는 얼마든지 대접해야지요."

제비가 주인아저씨를 향해 큰 소리로 말했습니다.

"아저씨, 자꾸 속으시면 안 되어요. 새들은 사람들처럼 말을 많이 하지 않아요. 새들은 왕처럼 말해요. 새들은 눈으로 말하고 부를 때만 소리를 낸다구요."

제비네 주인아저씨가 술을 마시며 물었습니다.

"저 제비가 또 무슨 소릴 했습니까?"

"제비들은 고고하여 아무데나 앉지 않는다는 겁니다. 험한 나뭇가지에는 앉지 않고 곧은 전깃줄이나 빨랫줄에 교양 있게 멋진 모습으로 앉지만 참새들은 교양이 없어서 아무데나 앉는다고 흉을 보고 있습니다."

"아, 그 말이 맞습니다. 제비가 땅에는 내리지만 아무 나뭇가지에나 앉지는 않습니다. 오 선생 대단하십니다. 제비가 하는 말을 그렇게 척척 알아들으시다니 부럽습니다."

제비가 답답하여 소리쳤습니다.

“아저씨! 그게 아니에요. 새들은 눈으로 말하고 꼭 필요할 때만 소리를 낸다고요. 5급 공무원은 다섯 마디를 하고, 4급 공무원은 네 마디를 하고, 3급 공무원은 세 마디, 2급 공무원은 두 마디, 1급 공무원은 한 마디로 중요한 의사 표시를 하고 왕은 입을 다문 채 고개만 앞뒤로 좌우로 끄덕이어 뜻을 밝히

듯이 우리들은 눈으로 말하고 목을 움직여 뜻을 전해요. 사람들처럼 복잡하게 살지 않는다고요."

제비네집 아저씨가 술이 취한 얼굴로 제비를 보면서 말했습니다.

"네가 지지배배를 오래 하는 걸 보니 할 말이 많은가 보구나. 참새보다는 제비가 훨씬 귀엽다니까 하하하. 오 선생, 저 녀석이 뭐라고 했는지 통역 좀 해주시구려."

거짓말쟁이 오 선생이 제비를 향해 말했습니다.

"디리 디리 비비제 째삐삐 디리딜 세세비비 쭈리리 디리."

제비네집 아저씨는 감격하여 바보처럼 멍하니 거짓말쟁이 아저씨를 바라보며 말했습니다.

"무슨 말을 그렇게 많이 하셨습니까?"

담배 연기는 싫어요

"넌 참 예쁘기도 하고 영리하기도 하구나. 오늘 난 네가 사는 집에 가서 하룻밤 지내고 가야겠다 하고 말했습니다."

두 사람은 아까부터 술을 마시며 담배를 안주보다 더 많이 피워댔습니다. 제비는 큰일 났다고 생각했습니다. 주인아저씨도 날마다 담배를 입에 달고 다녀서 담배 연기에 새끼들이 견디기 힘들어 하는데 저 거짓말쟁이까지 와서 담배를 피운다면 어떻게 되겠어요.

제비는 빠르게 날아 집으로 갔습니다. 제비가 날아가는 것을 바라보던 거짓말쟁이 아저씨가 말했습니다.

"저 녀석이 내 말을 알아듣고 좋아서 자기 집을 알려주려고 날아가는구려. 저기 지붕 높은 기와집으로 들어갔습니다. 그 집으로 갑시다. 오늘 그 집에는 좋은 일이 있을 것이오."

제비네 주인아저씨는 그것이 자기 집인 것을 알고 놀랐습니다.

"예? 무슨 일이 있다고요?"

"저는 이렇게 김삿갓처럼 떠돌아다녀도 새들 덕택에 걱정 근심을 모르고 산답니다."

"그건 또 무슨 말씀이오,"

"세상에는 내가 새들 말을 통역한다는 것을 모르는 사람이 없소. 그래서 나는 어디를 가도 새와 대화를 하고 새들이 사는 집에 머물면서 새들이 하는 이야기를 들려주고 그 집에서 며칠이고 쉬다가 간답니다. 내가 새들의 초청을 받아서 가면 그 집에는 좋은 일이 생깁니다."

"그렇습니까?"

"오늘 저 제비네 집 주인은 나를 만나게 되어 좋은 일이 있을 것입니다. 우리 함께 가 봅시다."

곁에서 아무 말 없이 술심부름을 하던 가게 주인이 제비네 주인한테 말했습니다.

"이보게, 자네 집에 좋은 일이 있겠네 그려. 그 제비가 자네네 집으로 갔어."

제비네 주인은 좋아서 입을 귀에 걸고 말했습니다.

"하하하, 그 제비가 우리집 제비인가 보이. 하하하."

거짓말쟁이 아저씨가 아주 놀라운 듯 말했습니다.

"그 제비가 들어간 집이 댁의 집이란 말이오?"

"그렇소. 그게 우리 집이오, 하하하."

"하하, 좋은 일이 있겠소. 우리 가 봅시다."

이렇게 하여 제비네집 아저씨는 좋아서 거짓말쟁이 아저씨를 데리고 집으로 갔습니다. 술이 취하여 돌아오는 것을 안 가족들은 모두 긴장했습니다.

주인아저씨의 말이 떨어지자 대청마루에는 술상이

차려지고 순식간에 술 냄새와 담배 연기로 가득 찼습니다.

새끼 제비가 어미한테 말했습니다.

"엄마, 담배 냄새 싫어."

"조금만 참자, 아가."

"주인아저씨가 술 마시면 식구들이나 우리는 모두 잠도 못 자고 담배연기를 맡아야 하잖아. 엄마."

"알아, 그래도 참아야지 착한 내 새끼."

어미제비는 새끼를 품었습니다.

두 사람은 낮부터 하던 말을 계속했습니다.

"오 선생, 참 대단하시오. 새들의 말을 알아듣다니. 나도 좀 가르쳐 주시오."

"그게 맨입으로 됩니까, 하하하."

"우리 집에 며칠이고 머물면서 가르쳐 주시오."

"며칠 가지고 됩니까. 내가 칠 년을 두고 배운 말이올시다."

"그럼 올 여름은 나하고 지내면서 가르쳐 주시오."

"생각해 보고 대답하겠소. 내가 가르쳐 준다면 제1호 제자를 얻는 셈인데, 하하하하."

"오 선생, 이제부터는 선생님이라고 부르리다."

"하하하하, 같은 또래끼리 선생 제자라니."

주인아저씨가 담배연기를 뿜어대면서 제비집 가까이 다가왔습니다.

"제비야, 어떠냐? 이 아저씨가 오늘 네 덕에 아주 훌륭한 선생님을 모셨다. 고맙다 고마워, 네 새끼 두 마리도 어찌 그리 예쁘냐?"

이때 거짓말쟁이 아저씨도 바싹 다가와 담배를 피워내며 지껄였습니다.

"난 언제나 너 같은 녀석들 덕으로 산다. 넌 알지? 내가 너희들 말을 척척 알아듣는다는 거 말이다."

어미 제비는 담배냄새도 싫었지만 그 아저씨 거짓말이 더 싫었습니다.

새끼들은 담배냄새가 싫어서 주둥이를 어미 제비 날개 속 깊이 집어넣고 색색거렸습니다. 어미제비는 참기가 너무 힘들어 외쳤습니다.

"거짓말쟁이 아저씨! 지지배배 빼! 거짓말 그만 하세요. 지찌 빼빼! 찌리찌리 배배 쪼르빼배 지지배배!"

주인아저씨가 물었습니다.

"선생님, 이 녀석이 지금 무어라고 했습니까?"

제비한테 이름도 지어주고

"하하하, 당신 참 너무 하셨소."

"네?"

"한 집에 살면서 제비한테 이름도 안 지어 주셨단 말이오?"

"네?"

"이 녀석이 뭐라고 하는고 하니 주인이 함께 살면서 이름도 안 지어 주었다고 불만하면서 나를 만났으니 내 이름과 새끼들 이름까지 지어 달라는구려."

"아, 그렇습니까? 그럼 어떻게 하면 좋겠습니까."

"새들이 좋아하는 이름을 지어 주어야지요."

"선생님이 이름을 지어 주시면 안 되겠습니까?"

"이왕 부탁을 받았으니 지어 드려야지요."

"고맙습니다."

"어미 제비부터 이름을 지어 주지요.

작명 값은 내야 하오."

"암, 드려야지요. 좋은 이름을 지어 주시오."

"어미 이름은 먹연, 눈이 더 큰 새끼는 노연, 그리고 눈이 게슴츠레한 놈은 졸연으로 하고 저 밖에서 지키는 아빠 제비는 날연으로 부르시오."

주인아저씨는 감격해하면서 종이에다 이름을 받아 적었습니다.

"갑자기 이름을 부르자니 정신이 없습니다. 먹연이

노연이 졸연이 날연이라 그건 다 무슨 뜻이 있습니까?"

"물론이지요. 이름에 뜻이 없으면 이름이 아니지요."

"이름 풀이도 부탁합니다."

"모두가 연자 돌림입니다."

"그건 무슨 뜻인가요?"

"연자야 제비연자지요. 그것도 모르시었소? 제비는 모두 연자 돌림이라는 것을 모르다니."

"그렇습니까. 저는 가방끈이 짧아서……."

"당신은 솔직해서 좋소. 공부는 좀 더 해야 되겠소. 연자는 제비연이라는 것이오. 그리고 제비가 새끼를 낳거든 연자를 붙여 이름을 지어주시오. 먹연이는 먹이를 잘 물어온다 하여 먹연이고, 노연이는 주둥이가 노랗다 하여 노연이, 졸연이는 조는 눈을 가져서 졸연이고 날연이는 먹이를 물을 때 날쌔다고 날연이오. 아시겠소?"

"잘 알겠습니다. 또 더 낳으면 오연이라고 지어야

겠습니다."

"그건 또 무슨 소리요?"

"오 선생이 가르쳐주셨으니 오연이라고 해야지요. 하하하하."

담배를 너무 가까이서 두 사람이 피우기 때문에 거짓말쟁이가 지어준 졸연이가 할딱거리며 숨넘어가는 소리로 말했습니다.

"엄마, 난, 난, 담배 냄새 너무 싫어어……."

갑자기 졸연이가 목을 뚝 꺾고 늘어졌습니다. 어미 제비가 놀라서 소리쳤습니다.

"제발 담배 좀 피지 말아요, 우리 아기 죽어요. 지지배배찌배배!"

밖에서 지켜보던 아빠 제비가 날아들었습니다. 그리고 둥지 속에 머리를 박고 새끼를 흔들었습니다. 주인아저씨가 물었습니다.

"어미 제비가 무슨 소리를 했습니까?"

"어미제비가 수놈한테 자기들 이름을 새로 지어 주

었다고 들어와 보라고 하였소."

"그래서 저 녀석이 날아들었구려. 새끼 한 마리는 너무 졸려서 잠이 든 모양이오."

"오 선생은 새들 말까지 알아들으니 귀신 말도 알아듣는 것 아니오?"

"조금 알지요."

"귀신이 정말 있기는 있습니까?"

"있지요. 가난귀신, 벼락부자귀신, 처녀귀신, 몽달귀신, 널널이귀신 이루 말할 수 없이 많소."

"부자 귀신도 있소?"

"있다마다요. 그 귀신이 붙으면 거지도 하루아침에 부자가 된다오."

"그렇습니까? 나도 그런 귀신이나 한번 만나보았

으면 좋겠습니다."

"부자 귀신은 조심해야 하오. 부자 귀신 뒤에는 가난귀신이 따라다니고 살인귀신이 따라오고 꽃뱀이 따라오고……."

"그건 또 무슨 말이오?"

"가난귀신이 하루아침에 부자가 되는 것은 복권에 돈벼락을 맞는 사람인데 복권 벼락 맞고 잘된 사람 없소."

"왜 그럴까요?"

"돈이란 잘못 쓰면 악마보다 무서운 것이오. 그걸 제대로 가질 만한 사림이 가졌을 때는 착하게 쓰이지만 거지가 벼락부자가 되면 하루아침에 사람이 변하고, 행동이 변하고 끝에 가서는 돈 다 날리고 도로 먼저보다 더 비참한 거지가 되는 것이오."

"그건 맞는 말씀입니다. 그런데 하나 더 물어봅시다. 우리는 오형제인데 내가 막내요. 어머니는 교회 권사님이고 큰형님은 교회 목사고, 둘째 셋째 형님들은 학교 선생이면서 교회 장로고, 넷째 형님은 교회 전도사로 있습니다. 그런데 나만은 교회도 싫고 하나님도 싫어서 나대로 산다오. 있는지 없는지도 모르는 하나님을 믿을 수 없고 교회보다는 술이 좋고 술보다는 담배가 좋아요. 어머니나 형님들이 와서 하나님 어쩌고 하면 술을 더 마시고 주정을 하고 산다오. 저기 좀 보시오 우리 집에 술병과 담배가 얼마나 많소?"

"하하, 듣던 중 반가운 소리요. 나도 하나님보다 술이 좋고 술보다 뭐, 그런 게 더 좋고 우리 참 잘 만났소. 오늘밤 코가 비뚤어지도록 마시고 즐깁시다. 술 마시고 담배 피고, 담배 피고 술 마시고 하나님 약이나 올리면서 즐깁시다."

"우리 어머님은 혼자 몸으로 오형제를 잘 키우시고 지금은 호강을 하고 계시고 늘 나에게 하나님 믿으라고 하시면서 눈물까지 흘리신다오. 그래도 내가 싫은 하나님을 어떻게 믿겠소."

"하나님 이야기 그만 합시다. 술맛 떨어져요. 하나님은 사람들이 좋아하는 것은 다 하지 말라고 하는 것이 많소."

"그렇지요? 나도 그것은 좀 알고 있지요. 가기 싫은 교회를 꼭 가라고 하고, 조상 제사를 드리지 말라 하고, 또……. 그 중에 맘에 드는 것은 도둑질하지 말고 살인하지 말라는 것은 그럴 듯해요. 그렇지만 난 저기 있는 황금돼지한테 빕니다. 저 돼지는 순금 백 돈으로 만들었어요."

이렇게 말하다가 텔레비전 옆에 있는 황금돼지를 향해 말했습니다.

"황금돼지야, 나 많이 취했지? 안 보이는 하나님한테 비는 것보다 보이는 너한테 말하는 것이 얼마나 좋으냐. 네가 내 하나님이고 내 복이야 하하하……."

"그 말이 맞소, 당신은 나하고 잘 어울리는 짝꿍이오."

"오늘 밤은 참 즐거운 밤입니다, 칵칵 음음음……."

"취하셨구려. 밤이 깊었으니 우리 그만 잡시다."

사라진 황금돼지

거짓말쟁이 오 선생은 할머니 권사가 아들네 집에 오실 때 주무시는 방에서 자고 식구들은 오 선생 덕분에 시달리지 않고 편히 밤을 보냈습니다.

다음 날입니다. 거짓말쟁이는 급히 볼 일이 있다고 보름 후에 다시 오마 하고 가방을 들고 나섰습니다. 주인아저씨는 매우 서운해 하면서 문 밖까지 따라 나가 돈을 주었습니다.

"오 선생님, 곧 다녀오시오. 그리고 작지만 제비 이름을 지어주셨으니 작명 값으로 받으시오."

거짓말쟁이 오 선생은 웃으면서 받았습니다.

"작명 값이오? 고맙소, 하하하."

"약소합니다."

거짓말쟁이는 집을 나서자 바람같이 동네를 떠났습니다. 주인아저씨는 안으로 들어와 제비 새끼가 죽은 채 떨어져 있는 것을 보았습니다.

"아아니! 제비 새끼가……."

이때 어미제비가 슬픈 목소리로 말했습니다.

"주인님, 우리 아기가 담배 연기를 이기지 못하여 죽고 말았어요."

제비가 하는 말을 못 알아듣는 주인아저씨는 혼자 중얼거렸습니다.

"네가 무슨 소리를 하는지 알 수가 없구나. 이럴 때 오 선생이 계셔야 하는 건데……."

"아저씨, 그 거짓말쟁이는 아무것도 모르는 사람이에요. 그 사람은 도둑이라고요."

"허허, 무슨 말이 그리 많은 거냐? 새끼가 죽어서 많이 슬프다는 소리 같구나."

"아저씨, 술도 담배도 빨리 끊으셔야 해요."

"알았다. 네 새끼 떨어져 있는 거 빨리 치우라는 말이지?"

“아이고 답답해. 지지배배.”

“지지배배, 소리는 네가 날마다 하는 소리 아니냐.”

주인아저씨는 죽은 제비를 집어 들고 나갔습니다.

“아저씨, 담배를 더 피우시면 남은 우리 아기도 죽어요. 그리고 아저씨도 죽어요.”

“녀석 말이 많구나. 내가 빨리 치워주마.”

어미제비는 주인아저씨가 앞마당 끝에 묻은 새끼 무덤을 맴돌며 하루 종일 소리치고 울었습니다.

"사람들은 담배 때문에 우리도 죽고 사람도 죽는다는 걸 모르고 있어요. 지지배배."

제비는 주인이 깜짝 놀랄 일을 알고 있었습니다. 그러나 말을 못하기 때문에 안타까웠습니다. 그래서 대청으로 들어와 텔레비전 옆에 없어진 황금돼지 자리를 부리로 콕콕 쪼았습니다.

"아저씨, 여기 좀 보세요."

주인아저씨는 그제야 황금돼지가 없어진 것을 알았습니다.

"아아니! 황금돼지가 어디로 간 거야!"

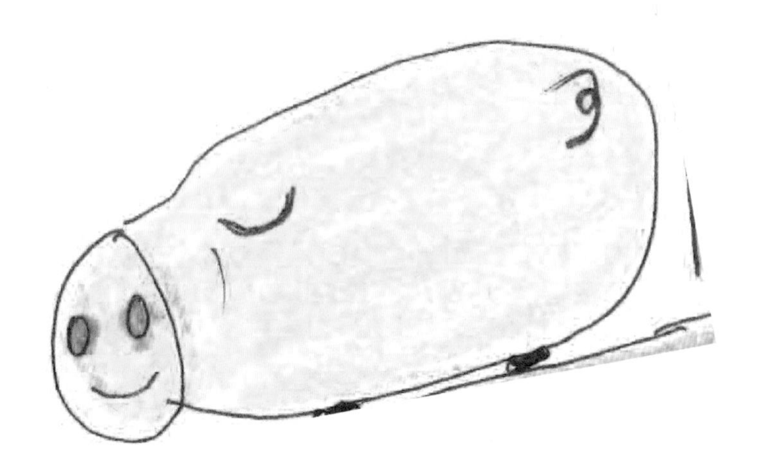

새들의 작전

주인아저씨는 갑자기 허둥지둥하더니 벌렁 나자빠졌습니다. 제비는 급한 소리로 부엌에서 일하는 주인아주머니를 향해 소리쳤습니다.

"아줌마, 빨리 와 보세요. 아저씨가, 아저씨가. 지지배배 지지배배."

제비가 급한 소리를 지르자 온 가족이 나와서 쓰러진 주인아저씨를 보고 놀라 안방으로 들어갔습니다.

제비는 급히 참새들을 불렀습니다.

"먹자, 날자야! 빨리 와 봐!"

먹자와 날자가 급히 날아왔습니다.

"무슨 일이냐? 제비야."

"조금 전에 우리 집에서 나간 사람 알지? 그 거짓 말쟁이."

"그래, 그 아저씨 지금 저 산모롱이를 돌아갔어."

제비가 말했습니다.

"빨리 가서 그 아저씨가 어디로 가는지 보고 와."

"알았어."

먹자와 날자가 바람보다 빠르게 날아 거짓말쟁이가 가고 있는 것을 발견했습니다. 거짓말쟁이는 버스를 타고 시내로 들어갔습니다. 먹자와 날자는 날개가 아프도록 버스를 따라 날았습니다. 차에서 내린 거짓말쟁이는 금방으로 들어갔습니다.

먹자가 말했습니다.

"저 아저씨 금방으로 들어갔다. 넌 빨리 제비한테 알려주고 와라."

"알았다."

날자는 비행기보다 빠르게 제비한테로 갔습니다.

"제비야 짹짹짹, 그 아저씨 찾았다. 찾았어."

"어디냐?"

"나를 따라와."

이때 아빠제비가 엄마 제비한테 말했습니다.

“내가 갈 테니 아기나 잘 보고 있어.”

아빠제비와 참새는 날아가는 구름보다 빠르게 달려 금은방으로 갔습니다. 금은방에서 아저씨는 황금

돼지를 팔려고 주인과 이야기를 하고 있었습니다.

제비가 말했습니다.

"안 되겠다. 우리 저 안으로 들어가 황금돼지를 팔지 못하게 하자."

제비와 참새가 문틈으로 화르르 몰려 들어가 주인 아저씨와 거짓말쟁이 아저씨가 말을 못하게 짖어댔습니다.

"금방 아저씨, 그 물건 사시면 안 돼요. 짹짹짹짹."

"이 나쁜 거짓말쟁이 아저씨, 그러시면 안 되어요, 지지배배 비비삐비!"

"도둑 잡아라, 도둑 짹짹짹짹."

금방아저씨는 갑자기 소란스러운 새들 소리에 놀라 안경을 벗어들고 외쳤습니다.

"이 놈들아, 나가지 못해! 아침부터 새 새끼들이 몰려들어 시끄럽게 야단이야!"

거짓말쟁이 아저씨가 제비와 새들을 알아보고 놀라 황금돼지를 가방에 집어넣으며 말했습니다.

"아침부터 재수 없게 새들이 지랄이야, 안 팔겠소."

금방주인아저씨는 새들이 갑자기 나타나 소란을 피우자 이상하게 여겨졌습니다. 그래서 조금 떨어져 있는 다른 금방에 연락을 했습니다.

"여보게, 혹시 자네네 집에 이상한 사람이 나타나 황금돼지를 사라고 하거든 사려는 척하고 시간을 끌게, 내가 경찰에 신고하여 그 사람이 어떤 인물인지 알아보도록 하겠네."

"알았네, 그렇게 함세."

새들에 쫓겨 거짓말쟁이는 급히 다른 금방으로 갔습

니다. 제비와 새들은 놓치지 않고 그 뒤를 따랐습니다. 그 사람은 아주 빠르게 달려갔지만 새들은 그 아저씨가 가고 있는 금방 지붕 위에 먼저 가서 기다렸습니다. 거짓말쟁이 아저씨가 금방으로 들어가면서 문을 꼭 닫았습니다. 새들은 밖에서 들어갈 수가 없었습니다. 그래서 유리창에 달라붙어 소리쳤습니다.

"도둑 잡아요, 짹짹짹!"

"도둑이에요, 지지배배 비비배배!"

"거짓말쟁이 도둑이에요 짹짹짹!"

지나가던 사람들이 재미있다는 듯이 제비와 새들을 바라보았습니다. 안으로 들어간 거짓말쟁이 아저씨는 금은방 주인 앞에다 황금돼지를 내놓고 말했습니다.

"내가 좀 급해서 그러오. 이 황금돼지를 반값만 쳐 주시오."

주인이 말했습니다.

"예, 예. 그렇게 싸게 주신다면 사고말고요. 어젯밤 꿈이 좋더니 오늘 황금돼지가 제 발로 굴러들어 오는구려."

"빨리 돈을 주시오."

"이렇게 큰돈을 벌게 해주시는 분한테 푸대접을 할 수는 없지요. 아무리 바빠도 차나 한 잔 하고 가시지요."

"갈 길이 아주 바쁜데요."

"아무리 바쁘셔도 큰돈이라 은행에 가서 찾아와야 합니다. 잠시 기다리시면 돈을 찾아가지고 오겠습니다."

금은방 주인은 은행으로 간다고 나갔습니다. 그리고 이웃 파출소로 갔습니다.

겉은 멀쩡한 도둑

한편 주인아저씨가 쓰러진 제비네 집에서는 큰 소란이 벌어졌습니다. 급한 전화를 받은 의사가 오고 전도사 넷째 형님이 달려왔습니다.

의사가 한참 동안 진찰을 하고 말했습니다.

"하마터면 큰일 치를 뻔했습니다."

주인아주머니가 한숨을 돌린 얼굴로 물었습니다.

"선생님, 아무 일도 없을까요?"

"두 시간 정도 있으면 정신이 들 것입니다. 이 분은 담배를 너무 피워서 폐가 망가졌습니다. 이대로 두면 일 년도 못 삽니다."

"어떻게 해야 할까요?"

"우선 술 담배를 끊어야 합니다. 어제 저녁에는 감

당할 수 없을 정도로 술과 담배를 하신 데다 심한 충격을 받은 것 같습니다. 깨어나면 바로 병원에 가서 치료를 받아야 합니다. 그렇지 않으면 일 년도 못 삽니다."

아빠제비는 의사가 하는 말에 놀란 눈을 동그랗게 뜨고 칭찬을 했습니다.

"지지배배 지지배배."

의사가 돌아가고 난 다음 전도사 넷째 형과 가족들은 주인아저씨가 빨리 일어나기를 기도했습니다.

두 시간쯤 되자 죽은 듯 꼼짝 못하던 주인아저씨가 눈을 떴습니다. 그리고 곁에 있는 형님을 보고 물었습니다.

"형님은 어떻게 오셨소?"

"이제 살아났구나. 다행이다. 하나님 감사합니다."

"형님은 무엇이 감사하다는 것이오?"

"네가 살아났으니 고맙다는 거야."

"제가 언제 죽기라도 했습니까?"

"죽었다 살아난 거야."

"형님, 혹시 황금돼지 못 보셨수?"

"황금돼지?"

"네, 저기 있던 황금돼지가 밤새에 어디로 갔단 말입니다."

"그래?"

"형님, 황금돼지를 찾아야 합니다."

"그걸 어떻게 찾는다는 거야?"

"그, 그 오 선생인가 뭔가 하는 자가 가져간 것 같아요."

"오 선생이라니?"

"그 사람이 그럴 것 같지는 않았는데……."

"도둑이 표시하고 다니는 줄 아느냐? 도둑일수록 겉은 더 멀쩡하다."

"형님, 그 사람을 잡아야 합니다. 경찰에 연락해 주시오."

"그렇지 않아도 식구들이 경찰에 알려 놓았다."

"형님도 아시잖습니까. 그 돼지는 제가 하나님보다 더 귀하게 모시는 신이 아닙니까. 그게 얼마나 비싼 건데……."

"네 말대로 황금돼지가 널 돕는 신이라면 그것이 왜 달아나겠니? 그게 바로 네 우상이야."

"형님, 황금돼지만 찾아주신다면 당장 하나님을 믿겠습니다. 하나님께 기도하여 찾게 해 주십시오."

"황금돼지뿐 아니라 너도 살려달라고 기도했고 그 물건도 돌아오게 해 달라고 기도했다. 그리고……."

"그럼 됐습니다. 뭐 또 기도한 것이 있습니까?"

"황금돼지보다 귀한 네가 황금돼지를 신으로 모시는 어리석은 눈을 뜨게 해 달라고 기도했다. 온 가족이 섬기는 하나님을 외면할 뿐만 아니라 너의 집안사람들마저 하나님을 못 믿게 하고 그 앞에서 복을 비는 너를 불쌍히 보시고 하나님이 우리에게 돌려달라고 했다."

"형님, 고맙습니다. 황금돼지만 찾아주신다면 당장

에 하나님을 믿겠습니다."

"네가 진심으로 그렇게 생각한다면 찾게 될 것이다. 네 입으로 하나님한테 기도해 보거라."

주인아저씨는 무릎을 꿇고 빌었습니다.

"하나님 부탁입니다. 그 황금돼지를 돌려주시면 돼지를 팔아 하나님께 반은 바치고 반은 어머님께 드리겠습니다."

거짓말쟁이 감옥 가다

은행에 간다고 주인이 나가자 금은방에 혼자 남은 거짓말쟁이 아저씨는 이리저리 둘러보다가 아주 비싼 금목걸이를 가방에 슬쩍 집어넣고 문을 열고 나섰습니다.

그것을 본 제비가 날쌔게 날아들어 거짓말쟁이 눈을 찌르고 달아났습니다. 깜작 놀란 아저씨는 눈을 감싸고 주저앉았습니다. 참새 먹자와 날자가 날아들어 머리를 쪼고 짹짹거리며 뱅뱅 돌았습니다.

이때 금은방 주인이 경찰관을 앞세우고 달려왔습니다. 금방 주인이 놀라 물었습니다.

"손님, 어찌 된 일입니까?"

거짓말쟁이는 아무렇지도 않게 대답했습니다.

"참새와 제비가 가게 문을 쪼고 유리창을 깰 듯이 난리를 쳐서 쫓아버리려고 하다가 제비한테 눈을 찔려 주저앉고 말았습니다."

"큰일 날 뻔하셨습니다. 안으로 들어오시지요."

거짓말쟁이는 경찰관이 온 것을 알고 벌떡 일어나 달아나기 시작했습니다. 그러나 날랜 경찰관이 따라가 가방을 낚아채고 덜미를 잡았습니다.

"왜 달아나십니까?"

"달아나는 게 아니고……."

"그게 아니면 파출소로 갑시다."

금은방 아저씨와 경찰관이 거짓말쟁이를 파출소로 데리고 들어갔습니다.

"가방을 열어 보시오."

"거긴 아무것도 없습니다."

"아무 것도 없다고요?"

경찰관이 가방에서 황금돼지와 금목걸이를 꺼내들었습니다.

"이건 뭐요?"

이때 금은방 주인이 놀라 달려들었습니다.

"이 금목걸이는 우리 가게 것인데 어째서 거기서 나오는 거요?"

"……."

경찰관이 전화기를 들었습니다.

"아침에 황금돼지를 잃어버렸다고 신고하셨지요? 그 황금돼지를 찾았습니다. 빨리 파출소로 오시기 바랍니다."

경찰관은 거짓말쟁이를 한쪽으로 가두어 놓고 기다렸습니다. 잠깐 사이에 제비네 집 주인아주머니와 전도사가 달려왔습니다. 경찰관이 물었습니다.

"이 황금돼지가 맞지요?"

"네, 맞습니다."

경찰관은 거짓말쟁이를 유치장에 가두었습니다. 그리고 마당가 나무 위에서 내려다보고 있는 참새와 제비를 보고 말했습니다.

"오늘 가장 큰 공을 세운 건 너희들이었다. 귀여운 것들, 하하하."

그 말에 주인아주머니도 부리를 다친 채 피를 흘리고 있는 제비와 참새를 발견하고 고마운 눈길을 보냈습니다.

"제비야, 참새야 고맙다. 너희들이 사람보다 낫구나."

제비와 참새가 기뻐서 대답했습니다.

"우리들이 더 기뻐요, 지지배배. 짹짹짹 짹짹짹."

두 번째 이야기

사자와 여우의 사랑

하얀 소의 지혜

넓은 들판에 소 세 마리가 평화롭게 돌아다니며 맛있는 풀을 뜯어먹고 있었습니다.

이때 어디서 왔는지 커다란 암사자가 소를 잡아먹

으려고 소들이 있는 곳으로 살금살금 다가갔습니다.

하얀 소가 놀라서 말했습니다.

"사자다, 사자!"

누렁 소, 검정소가 사자를 보고 겁이 나서 달아나려고 했습니다. 이때 하얀 소가 꾀를 내놓았습니다.

"얘들아, 우리 달아나지 말고 이렇게 하자."

검은 소가 물었습니다.

"어떻게?"

"우리가 뿔뿔이 달아나면 사자가 우리 셋 중에 누구든지 따라와서 하나는 저 놈의 밥이 되고 말 거다."

누렁 소가 귀를 기울이고 있다가 말했습니다.

"네 말이 맞다. 저 사

자가 우리 중에 누구든지 공격하면 나든 너희든 누군가는 잡혀 먹힐 거다."

흰 소가 말했습니다.

"그렇게 되기 전에 우리가 힘을 합하여 저 사자를 물리치자."

누렁 소와 검은 소가 똑같이 물었습니다.

"어떻게?"

"우리가 꼬리 쪽을 한데 모으고 몸을 모아 한 덩어리가 되는 거다. 그리고 뿔을 앞으로 세우고 사자가 달려들면 뿔로 받아 사자를 물리치자."

"그거 아주 좋은 생각이다. 그렇게 하자. 시작!"

소 세 마리가 둥그렇게 짜고 서서 뿔을 세우고 사자를 노려보았습니다. 사자는 세 마리 소가 눈을 부릅뜨고 뿔을 사방으로 대고 있어서 공격을 할 수가 없었습니다.

여우의 잔꾀

사자는 소를 빙글빙글 돌면서 공격을 하려 하였지만 한 덩어리가 된 소를 한 마리도 건드릴 수가 없었습니다.

'이놈들이 저러고 있으니 잡아먹을 수가 없구나. 어떻게 하면 저놈들을 잡아먹을 수 있을까?'

사자가 이렇게 궁리를 하고 있을 때 여우가 나타났습니다.

'음, 배고픈데 너 잘 나타났다. 너라도 잡아먹어야겠다.'

이런 생각을 하는데 여우가 물었습니다.

"사자님, 무슨 생각을 그렇게 하시나요?"

"너 이놈 잘 왔다. 배고픈 판에 너나 잡아 먹어야

겠다."

"사자님, 나를 잡아 먹어도 좋으니 내 말을 듣고 잡아먹든지 말든지 하시지요."

"무엇이 어째?"

"사자님, 잠깐 귀를 빌립시다요."

"비밀로 할 말이라도 있느냐?"

"그러니까 귀를 빌리자는 거 아닙니까."

"좋아. 네 말이나 들어보고 잡아먹어야겠다."

여우가 사자 귀에다 속삭였습니다. 사자는 고개를 끄덕끄덕 벙긋벙긋 웃으며 다 듣고 나서 물었습니다.

"지금 네가 한 말이 정말이냐?"

"내 귀로 똑똑히 들었습니다."

"그런지 아닌지 내가 물어보겠다."

사자가 하얀 소를 향해 물었습니다.

"여우 말에 의하면 너는 어제 네 친구들하고 '누렁이는 새수 없고 검둥이 소는 밥맛이라'고 했다는데 사실이냐?"

하얀 소는 대답을 못했습니다.

그러자 여우가 말했습니다.

"보셨지요, 사자님. 하얀 소가 누렁이나 검둥이를 얼마나 무시하는지 모르시지요?"

사자가 하얀 소를 보고 다시 물었습니다.

"여우 말이 사실이냐? 그러냐?"

이때 누렁 소가 검둥이 소한테 귓속말을 했습니다.

"여우 말이 맞을 거다. 한얀 소는 언제나 우리를 멀리하고 풀도 같이 뜯어 먹지 않고 저희들끼리만 몰려다녔다. 너도 알지?"

"그래, 저 하얀 소는 언제나 나를 무시하고 더럽다고 했어."

이때 여우가 말했습니다.

"하얀 소는 너희들을 필요할 때만 이용해 먹는 버

릇이 있어. 지금도 하얀 소는 무슨 생각을 하는지 아니? '저 따위 사자만 아니면 내가 이런 더러운 것들하고 궁둥이를 맞대고 있지는 않을 거다. 자존심이 상하지만 할 수 없지' 하고 생각한단 말이야."

검은 소가 하얀 소를 향해 물었습니다.

"너 솔직히 말해 봐. 여우 말이 맞지?"

하얀 소는 머리를 가로 저었습니다.

"아니야. 여우가 거짓말을 하는 거야."

"네가 나한테 거짓말을 하는 거 다 알아. 전부터 너는 우리 검은 소를 돼지새끼라고 하면서 소 대우도 안 한 걸 내가 알아."

이때 사자가 말했습니다.

"여우 말도 맞고 검은 소가 한 말도 맞다. 나도 전에 하얀 소들끼리 하는 소리를 들었다. 검은 소는 눈이 툭 튀어나와서 보기 싫고 검은 배에는 똥이 묻어 있어도 아무도 모른다. 그래서 더러워서 가까이 할 수가 없다고 했다."

하얀 소는 그런 말을 하지 않았다고 하려고 했습니다.

"그건……."

화가 난 검은 소가 말했습니다.

"너는 언제나 우리를 무시했어!"

하얀 소가 말했습니다.

소들의 오해

“솔직히 말해. 여우 말도 틀린 말은 아니다.”

“뭐라고? 네가 털만 하얗지 힘으로는 나를 못 당해.”

검은 소가 흰 소를 뿔로 받았습니다. 화가 난 흰 소도 검은 소를 맞받았습니다. 이렇게 하여 두 소가 싸움이 벌어졌고 누런 소는 말리다가 힘이 들어서 구경만 했습니다. 이때 여우가 큰소리로 하얀 소를 응원했습니다.

“으랏라차! 으랏차! 하얀 소 이겨라! 하얀 소 이겨라.”

이번에는 사자가 검은 소를 응원했습니다.

“으랏차차, 으랏차! 검은 소가 이겨라. 검은 소가

이겨라."

검은 소는 사자가 응원하는 바람에 신이 나서 더 열심히 뿔질을 했습니다. 그러나 자존심이 상한 하얀 소는 검은 소한테 질 수 없다고 생각하고 힘차게

뿔을 내둘렀습니다.

얼마나 심하게 싸웠던지 두 소의 뿔이 다 부러져 나갔습니다. 뿔이 떨어져 나간 자리에서 피가 흐르는 데도 이쪽으로 뛰고 저쪽으로 박으며 몸을 부딪치며 싸웠습니다.

누렁 소는 겁이 나서 달아날 생각을 하는데 여우와 사자는 목이 터져라 응원을 했습니다.

응원에 힘을 얻어 열심히 싸우던 두 소는 힘이 빠져서 더는 못 싸우고 쿵쿵하고 나란히 나뒹굴었습니다. 이때 여우가 말했습니다.

"사자님, 내 꾀가 어때요? 이제 두 마리 중에 한 마리는 사자님이 드시고 한 마리는 내가 먹겠습니다."

있는 힘을 다해 싸우던 소들은 벌렁 자빠진 채 여우와 사자의 밥이 되고 말았습니다.

"몸뚱이는 한 끼 감도 못되는 것이 꾀는 쓸 만해. 앞으로 나를 따라다니며 꾀를 내거라."

여우가 말했습니다.

"사사님, 어때요? 내 머리가 사자님보다 좋지 않아요? 바로 이런 거짓말에 오해를 하고 자기들끼리 싸

움이 붙어 망하는 것을 자중지란(自中之亂)이라고 하는 겁니다요."

사자가 빙그레 웃으며 대답했습니다.

여우의 꾀에 넘어간 소들은 사자의 밥이 되고 말

았습니다.

그렇게 하여 여우는 사자의 도우미가 되었습니다. 그리고 여우와 사자는 산속을 돌아다니며 사냥을 했습니다.

하루는 언덕을 넘어가는데 꽃사슴 두 마리가 아기 사슴을 어르며 재미있게 놀고 있었습니다. 여우가 보고 말했습니다.

"저기 사슴이 있어요. 공격하시지요."

사자는 살금살금 다가가 아기 사슴을 데리고 놀면서 깔깔거리는 엄마 사슴과 아빠 사슴을 보았습니다.

여우의 불만

사자는 예쁜 아기사슴을 보면서 어렸을 적 생각을 했습니다.

'나도 어렸을 때는 엄마 사자와 아빠 사자가 저렇게 즐겁게 놀아주셨어. 그런데 어느 날 아빠가 사냥을 가고 없을 때 엄마보다 무서운 하이에나가 공격해 왔지. 그날 엄마는 하이에나하고 싸우다가 물려가고 나만 남았을 때 아빠가 돌아왔지만 엄마를 찾을 수 없었어. 그때 나는 얼마나 울었는지 몰라. 아기 사슴을 저렇게 사랑하는 엄마 아빠를 잡아먹을 수는 없어.'

이렇게 생각하고 있는데 여우가 말했습니다.

"뭐 하세요? 빨리 꽃사슴을 잡아먹어요."

“싫다, 안 잡아먹을 거다.”

“왜? 왜 그러시는데요?”

“너한테 그런 것까지 말하고 싶지 않다.”

사자는 가슴에서 벅찬 슬픔이 솟아오르는데 여우는 불만스러워했습니다.

“저런 것들을 왜 안 잡아먹지요?”

“넌 어렸을 때 엄마 여우와 아빠 여우 생각이 나지 않니?”

“몰라요. 나는 아빠와 엄마가 서로 여우 짓만 하고

놀리고 속이는 것만 보고 자랐으니까요."

"그래서 네 놈은 눈물도 없고 온정도 모르는 거다."

"그게 무슨 말이에요?"

"소들이 단결하여 나를 상대할 때 네가 꾀를 내어 소들을 속이지 않았더냐?"

"그랬지요, 그게 뭐 잘못인가요? 사자님은 내 덕분에 배불리 먹지 않았나요. 호호호."

"하얀 소가 참 지혜로웠는데 여우, 네 꾀에 넘어갔다."

한편 사자는 여우가 또 무슨 짓을 하여 자기를 골

탕 먹일지도 모른다고 생각했습니다.

사자는 사막을 지나 오아시스가 있는 초원으로 들어갔습니다.

사자한테는 세상에 무서운 것이 없는데 가장 싫은 동물이 하이에나입니다. 더럽고 추하게 생긴 하이에나는 지옥에서 굶다 나온 귀신처럼 먹을 것만 보면 사정없이 달려들어 썩은 고기나 아무것이나 먹습니다.

그러나 사자는 생각이 깊어서 먹이를 보아도 함부로 먹지 않습니다.

오아시스 물가를 지나가고 있을 때 아름다운 초원 한쪽에서 짐승 싸우는 소리가 들려왔습니다. 사자가 다가가도 모르고 호랑이와 하이에나가 싸우고 있었습니다. 그것을 본 여우가 호호거리며 종알거렸습니다.

"사자님, 좋은 일이 있겠습니다. 저것들이 싸우다 지쳐서 쓰러지면 둘 다 우리 몫이지요?"

"이놈아, 싸우다 지친 것을 잡아먹어서는 안 된다.

내가 네 꾀에 속아서 한번은 악한 짓을 했지만 다시는 그런 짓 안 한다. 그런 건 비겁한 짓이다. 저것

들이 누가 이기나 보자."

한동안 싸우던 암호랑이가 힘을 잃고 무릎을 꿇었습니다. 하이에나는 쓰러진 호랑이를 물고 멀리 달아났습니다.

사자가 따라 가려다 발을 멈추었습니다.

죽어서 끌려간 호랑이 새끼 호랑이들이 바로 앞에 있기 때문이었습니다.

여우가 그것을 보고 호호 웃으며 간사한 소리로 종알거렸습니다.

“사자님, 오늘 봉 잡으셨습니다요. 말랑말랑한 호랑이 새끼가 아주 먹기 좋게 생겼는데요. 한 입에 꿀꺽하시지요.”

이상해진 사자

사자는 여우를 흘겨보고 아무 말도 하지 않았습니다.

'잔인한 여우 새끼. 인정머리 없는 놈, 네 놈이 언제까지 그렇게 까부나 두고 보자.'

사자는 새끼 호랑이한테 다가갔습니다. 아무것도 모르는 호랑이 새끼는 빨간 배를 내놓고 발랑 누워 배고프다고 입술을 쪽쪽 빨고 있었습니다.

"이것이 배가 많이 고픈가 보구나. 할 수 없다. 네

어미는 죽었으니 내 젖이라도 먹어라."

인정 많은 사자는 호랑이 새끼를 품에 안고 젖을 빨렸습니다. 배가 고픈 호랑이 새끼는 젖을 쪽쪽 소리가 나게 빨아댔습니다. 여우가 보고 말했습니다.

"사자님, 어차피 잡아먹을 건데 왜 아까운 젖까지 빨리시나요?"

"내가 잡아먹을지 안 잡아먹을지 네가 뭘 알아?"

"호랑이는 사자 밥이잖아요?"

"여우새끼, 생각하는 것이 고작!"

"여우새끼라고 하지 마세요. 저도 이제 어른이랍니다."

"네놈이 어른이면 뭘 해? 이 호랑이 새끼를 잡아먹느니 널 잡아먹을 거다."

"사자님이 그렇게 말씀하시면 섭섭하지요. 우리가 어떤 사이인데 그런 말씀을 하십니까요!"

여우는 토라져서 사자를 흘겨보았습니다. 그러나 사자는 모르는 척하고 아기 호랑이한테 배가 부르도록 젖을 먹이고 품에 안았습니다.

그 후부터 사자는 호랑이 새끼가 배고파할 때마다 젖을 먹여 길렀습니다. 그렇게 하여 새끼 호랑이는 무럭무럭 자랐습니다. 그리고 사자를 엄마로 알고 날마다 귀여운 짓도 했습니다.

"엄마, 나 예뻐?"

"그래, 아주 예쁘다."

사자는 이렇게 다정한 목소리로 대답했습니다.

"난 엄마 닮고 싶어."

"넌 엄마 닮았단다. 아직 모르고 있었니?"

이때 여우가 샘이 나서 말했습니다.

"넌 엄마를 닮을 수 없어!"

얼마 후 여우보다 몸집이 훨씬 커진 호랑이 새끼가 여우한테 물었습니다.

"누나는 누구를 닮았어?"

"난 우리 엄마 닮았다."

새끼 호랑이가 말했습니다.

"나도 우리 엄마 닮았어."

"아니야, 넌 사자가 아니야."

새끼 호랑이가 앙칼지게 대답했습니다.

"사자야, 사자!"

약이 오른 여우가 쏘아붙였습니다.

"넌 호랑이 새끼야, 호랑이 새끼가 사자라고?"

"난 호랑이가 아니야. 사자야."

새끼 호랑이가 사자한테 물었습니다.

"엄마, 나 사자 맞지?"

"그래, 넌 사자야. 엄마 젖을 먹고 자랐는데 사자지."

여우는 화가 났습니다.

"사자님, 왜 그렇게 비굴하십니까요? 솔직해지세요."

사자가 친절하게 말했습니다.

"엄마와 자식은 모양이 꼭 닮아야 되는 게 아니다. 마음이 닮아야 되는 거야."

여우가 물었습니다.

"마음이 어떤 것인데요?"

"네 속은 남을 사랑할 수 있는 구석이 없어. 엄마와 자식은 사랑으로 맺어져야 한다. 아무리 엄마가 낳았어도 사랑으로 맺어지지 않으면 남이야."

사자는 호랑이 머리를 쓰다듬어 주면서 말했습니다.

"너와 내가 아무리 모양이 달라도 내가 주는 사랑

과 네가 주는 사랑은 누구도 가를 수 없단다. 저것이 무슨 여우 짓을 하고 무슨 소리를 해도 믿지 마라."

여우는 참을 수가 없어서 캥캥거리며 화를 바락 냈습니다.

"나는 더 이상 사자님 도우미 노릇 못해요. 호랑이 새끼만 예뻐하고 나는 무시하고. 이게 뭐예요?"

사자가 타일렀습니다.

떠나간 여우

"내가 너를 사랑하기 때문에 이때까지 데리고 다닌 거다. 네 꾀가 아무리 좋아도 내 힘만 하겠니? 네가 하는 얄미운 짓을 보면 잡아먹고 싶지만 널 사랑하기 때문에 잡아먹지 않은 거야. 알겠니?"

"몰라요. 난 떠날 거예요."

여우는 사막을 향해 달려갔습니다. 사자와 호랑이도 그 뒤를 따라 어슬렁어슬렁 쫓아갔습니다. 얼마쯤 가다가 여우는 사막 언덕에서 여우 동굴을 만났습니다. 크고 작은 여우들이 서로 안고 뒹굴고 재미있게 놀고 있었습니다. 여우는 같은 여우를 만났다고 반가워하며 달려갔습니다.

"얘들아, 나도 같이 놀자."

그런데 아주 크고 늙은 여우가 사납게 달려들며 소리쳤습니다.

"넌 누구냐? 어디서 굴러먹던 놈이야?"

"나도 여우야. 이러지 마."

"여우라고 다 같은 여우인 줄 아느냐? 넌 우리 마을을 공격하려고 온 간첩이지?"

"아니야, 난 그런 여우가 아니라고."

큰 여우가 입을 딱 벌리고 물어뜯으려고 달려들었습니다.

"뭣이 어째?"

꾀돌이 여우는 큰 소리로 부르짖었습니다.

"나도 여우라고! 여우!"

이렇게 소리치면서 달아나려고 했지만 여우는 잡히고 말았습니다. 큰 여우가 잡아채자 다른 여우들이 몰려들어 발로 차고 물어서 코가 찢어지고 눈이 퉁퉁 부었습니다. 다리를 물려서 절며 빠져나오려고 버둥거렸지만 힘이 모자라서 쓰러지고 말았습니다.

다른 여우가 말했습니다.

"오늘은 이놈을 잡아 파티를 하자."

이 소리에 다른 여우들도 좋아, 좋아 소리치고 춤을 추었습니다.

불쌍한 까불이 여우는 죽게 되었습니다. 모래 바닥에 벌렁 자빠진 채 일어날 힘도 없었습니다.

그래서 눈을 감고 생각했습니다.

구원받은 여우

'나는 이제 죽는다. 여우가 여우한테 죽다니 이건 말도 안 돼.'

이때입니다. 늙은 여우가 긴장하여 큰소리로 외쳤습니다.

"사자와 호랑이가 나타났다! 달아나라. 굴속으로 숨어라!"

갑자기 여우 떼가 우르르 달아났습니다. 까불이 여우는 지쳐서 달아날 수도 없었습니다. 그래서 눈을 감고 생각했습니다.

'나는 사자 밥이 되는구나. 차라리 여우한테 물려 죽었어야 하는데 더 무서운 사자한테 물려죽는구나. 모르겠다. 난 죽었다.'

네 다리를 쭉 뻗고 잡아먹힐 준비를 하고 있는데 사자가 가까이 와서 다정하게 말했습니다.

"이게 무슨 꼴이냐? 일어나라."

이때 호랑이 소리가 들렸습니다.

"누나, 일어나 봐."

여우는 귀에 익은 목소리를 듣고 눈을 번쩍 떴습

니다. 사자와 호랑이가 곁에서 걱정스럽게 들여다보고 있었습니다.

여우는 감동하여 온 힘을 다해 일어나 사자 품에 안기며 소리쳤습니다.

"엄마, 엄마 잘못했어요. 엄마."

그리고 호랑이를 보고 말했습니다.

"넌 호랑이가 아니야, 사자야. 나도 여우가 아니야, 우리는 모두 사자야, 사자! 호호호."

세 번째 이야기

너는 무엇이 되고 싶으냐

하나님이 물으셨다

하나님이 온갖 새와 짐승과 벌레들을 모아 놓고 말했습니다.

"사람이 되고 싶으면 앞으로 나오너라."

아무도 나가지 않았습니다. 이상하게 생각한 하나님이 깡충거리며 까불고 있는 까치한테 물었습니다.

까치한테

"까치, 너는 사람이 되고 싶지 않으냐?"

"절대 싫습니다."

"어째서 싫으냐?"

"사람이 되면 걸어 다녀야 하기 때문이에요."

"그럼 너는 무엇이 되고 싶으냐?"

"호랑이가 되고 싶어요."

"그 이유는?"

"동물 중에서 가장 무서운 동물이 호랑이기 때문이지요."

"알았다."

바퀴벌레한테

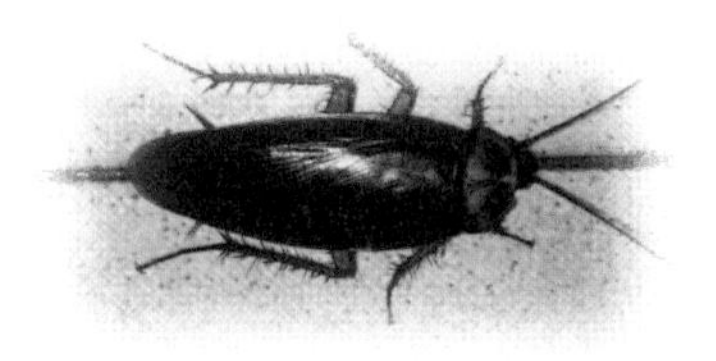

이번에는 바퀴벌레한테 물었습니다.

"너는 사람이 되고 싶지 않으냐?"

"사람은 싫어요. 법을 만들어 서로 얽어매고 잡혀가고 가두고 그 꼴은 못 봅니다. 저는 안 할래요."

"그걸 어디서 보았느냐?"

"제가 사는 집 주인은 직업이 없어요. 그래서 밤마다 남의 집에서 맘에 드는 물건을 가져오는데 그걸 도둑질이라고 경찰이 잡아가는 것을 보았어요. 경찰도 없고 도둑도 없는 우리가 얼마나 좋아요."

"너는 더 큰 도둑이라는 걸 모르느냐?"

"제가 어째서 도둑이라 하십니까?"

"넌 도둑이 사는 집에서 집세도 안 내고 숨어들어

도둑 살림을 차리고 처자식들을 거느리고 사람들이 해놓은 음식을 훔쳐 먹고 살지 않느냐? 너야말로 경찰이 잡아가야 할 도둑이니라."

"헤헤헤, 다행히 사람들은 우리를 잡아갈 법을 만들지 않았습니다. 사람들은 법에만 안 걸리면 만사통과입니다요."

"못된 놈."

나비한테

하나님은 나비한테 물었습니다.

"너는 사람이 되고 싶겠지?"

나비도 고개를 저었습니다.

"사람은 싫어요."

"사람이 되고 싶지 않은 이유는?"

"사람 노릇은 너무 힘들어요. 아이 때는 학교 가고 과외를 하고 공부로 실력 싸움을 하고, 어른이 되면 군대 가서 전쟁을 하고 자식 걱정에 먹고살 걱정을 하는 사람이 싫어요. 날마다 춤만 추는 우리가 얼마나 행복한데요."

두더지한테

이번에는 두더지한테 물었습니다.

"음, 그럼 땅속에만 숨어 다니는 두더지는 사람이 되고 싶겠지?"

"왜 하필이면 저보고 사람이 되라 하십니까?"

"땅속에만 숨어 살자니 답답하고 자존심이 많이 상하지 않느냐?"

"자존심이란 사람한테나 해당되는 것이지 우리들한테 자존심이 왜 필요합니까. 자존심을 따지고 사는 사람들이 얼마나 불쌍합니까? 그래서 사람이 싫습니다."

"내가 공연한 것을 물었구나."

소한테

하나님이 소한테 물었습니다.

"너는 사람이 되어 너희를 혹사하는 사람들한테 복수를 하고 싶겠지?"

황소가 껄껄 웃으며 대답했습니다.

"모르시는 말씀입니다. 우리야 사람이 하자는 대로 하면 주인은 우리의 종이 되어 하루에 세 번씩 먹을 것을 차려주는데 왜 하필이면 사람이 됩니까."

"일하기 힘들지 않느냐?"

"그걸 물으시면 어떡하십니까? 우리들한테 하나님께서 특혜로 주신 것이 무엇입니까?"

"음, 힘이지."

"바로 그 힘은 우리가 꼭 써야 하는 것입니다. 그

것을 안 쓰면 우리는 비대증에 걸려 제 명대로 못 삽니다. 고맙게도 사람들이 우리에게 힘쓸 거리를 만들어 주어 얼마나 다행입니까. 사람들은 우리를 종으로 알고 부리지만 우리는 사람을 하인으로 알고

사람이 하자는 대로 놀아줄 뿐입니다."

하나님이 웃으시며 또 물었습니다.

"허허허, 사람이 너희를 못 당하고 있구나. 그런데 사람들은 너희를 실컷 부려먹고 마지막에는 잡아먹는데 그것도 억울하지 않으냐?"

"그건 더 좋은 일입니다. 사람들은 죽으면 장사를 지내고 묘를 만들고 벌초를 하고 제사를 지내고 얼마나 복잡합니까. 그러나 우리는 늙어 죽을 때가 되면 사람들이 즐겁게 먹어주며 우리 장사는 사람들이 치러줍니다."

"억지소리 같지만 그럴 듯한 변명이로구나."

개한테

이번에는 개한테 물었습니다.

"너는 사람과 가장 가까이 살지만 사람들이 저희끼리 말할 때 개만도 못하다고 하는 말을 들으면 어떠하냐? 그 소리를 들으면 당장 사람이 되고 싶지 않으냐?"

"컹컹컹."

"그게 무슨 소리냐?"

"웃는 소리입니다요."

"웃다니?"

개가 건방지게 물었습니다.

"우리 개들끼리 개를 무시할 때 뭐라고 하는지 아십니까?"

"너희끼리?"

"예. 개 중에 못된 개를 우리는 사람만도 못한 놈이라고 합니다요."

"그게 무슨 소리냐?"

"우리는 의리를 중요시합니다. 그런데 어쩌다 도둑질을 하는 녀석이 생기면 그럴 때 '사람 같은 놈' 하고 비웃습니다."

"어째서 그런 말이 나오느냐?"

"세상 동물 중에 도둑이 가장 많은 동물이 사람 아닙니까?"

"그래도 사람은 의리가 있느니라."

"의리로 말하면 사람이 우리만 합니까? 우리 개들은 주인 모시기를 하나님 모시듯 합니다. 주인이 집을 비우면 집을 지키고 도둑이 들면 왕왕 짖으며 물어뜯어 내쫓고 주인과 동행할 때는 주인의 보호자가 되어 드립니다. 그런데 가끔 주인한테 불만이 있어서 주인을 물어뜯는 개가 있습니다. 그럴 때 우리는 사람만도 못한 놈이라고 왕따를 시킵니다."

"듣자듣자 하니 못 하는 소리가 없구나."

개가 혀를 날름 내놓고 대답했습니다.

"그래서 사람은 되고 싶지 않다는 것 아닙니까?"

호랑이한테

다음은 호랑이한테 물었습니다.

"너는 사람이 되고 싶지 않으냐?"

"어흥, 어어흥흥."

"그게 무슨 소리인고?"

"영어로 노우, 노우 하는 소리입니다."

"네가 영어도 아느냐?"

"우리야 동물들이 내는 소리를 다 알아듣지 않습니까."

"그랬던가."

"너도 사람이 되고 싶지 않다는 것이냐?"

"물론입니다. 동물 중에 만물의 영장이라고 사람들은 자기들을 추켜세우지만 만물의 영장은 따로 있지 않을까 합니다요."

"오만하도다."

"사람들은 옛날에 우리들을 영물이라고 했습니다. 영물이 뭡니까? 하나님 다음으로 카리스마가 있다는 말 아닙니까?"

"건방진 것 같으니. 네가 영어를 알면 얼마나 안다고 아무데서나 영어를 지껄이느냐?"

호랑이가 눈을 흘기며 대답했습니다.

"사람을 저희와 비교하시니 자존심이 좀 상했습니다요."

하나님이 물었습니다.

"네가 사람이 되고 싶지 않은 이유가 또 있느냐?"

"이유가 한두 가지겠습니까. 저는 산 속에서 어슬렁거리고 산책이나 하다가 배고프면 아무 것이나 잡아먹고 졸리면 아무데서나 누워 잡니다. 저한테는 집도 필요 없고 먹을 것도 걱정이 없습니다. 그런데 사람들 좀 보시지요."

"사람이 어때서?"

호랑이는 많은 것을 알고 있었습니다.

"사람은 집이 없어 거지가 되고 먹을 것이 없어 거지가 되고 입을 것이 없어 거지가 됩니다. 거지한테는 거지가 친구일 뿐 거지 아닌 사람들은 거지를 사람으로 취급하지도 않습니다. 거지는 도둑이 되고 도둑은 살인범이 되고 살인범은 죄수가 되고 죄수는 감옥에 갇혀 죽어야 하고……."

"그런 것까지 아느냐?"

"그뿐 아닙니다. 날개도 없는 사람들은 빨리 갈 욕심에 날틀을 만들어 하늘을 질러가고, 지느러미도 없으면서 물속을 다니겠다고 배를 만들고, 길을 빠르고 편하게 다니겠다고 차를 만들어 타고 다니고 얼마나 복잡합니까."

"허허, 제법 아는 것이 많구나. "

호랑이는 신이 나서 대답했습니다.

"사람은 복잡하고 힘겹게 살다가 욕심을 못 채우고 죽습니다. 세상에 무서울 것 하나 없는 영물로 사는 저에게 사람이 되라고 하시다니 지상의 왕 영물을 너무 무시하셨습니다."

하나님은 어떤 동물이 사람이 꼭 되고 싶을까 생각하다가 세상에서 가장 천하고 지저분한 돼지에게 물었습니다.

돼지한테

"너만은 사람이 되고 싶겠지? 그 지저분한 우리 속에서 엉덩이에 오물을 덕지덕지 붙이고 사는 것이 얼마나 괴롭겠느냐. 네가 사람이 된다면 양복을 빼입고 넥타이를 매고 머릿기름을 자르르 바르고 자가용을 타고……."

"꽥! 꽤꽥꽥!"

"시끄럽다. 그게 무슨 소리냐?"

"가장 불쾌할 때 내는 소리 아닙니까?"

"불쾌하다니! 내가 너한테 못할 말을 했느냐?"

"사람이 되라고 하시지 않았습니까?"

"사람이 어때서?"

"우리는 사람들이 가장 선망하는 왕입니다."

"허허. 왕이라고 했느냐?"

"이 세상에서 가장 편하게 먹고 놀다 가는 동물은 우리 돼지밖에 없습니다."

"무슨 소리냐?"

"보십시오. 개도 밤낮으로 경비를 서야 하고, 소는 온종일 주인을 위해 일을 해야 하고, 호랑이가 만물의 영장이라고 큰소리치지만 사람이 무서워 산에서 나오지 못하고, 바퀴벌레는 약을 치면 온 족속이 몰살을 당하고, 새도 강한 새한테 잡아먹히는 것이 두려워 눈치를 살피며 먹이를 찾아 거지처럼 떠돌아다닙니다."

"더 할 말이 있느냐?"

"나비도 꽃을 찾아 날개가 아프도록 날갯짓을 해야 하고, 안 그렇습니까?"

하나님은 빙긋이 웃으면서 물었습니다.

"너는?"

돼지가 당당하게 대답했습니다.

"우리 돼지들이야 자고 싶으면 자고 먹을 때 되면 우리가 거느린 사람이 먹을 것 가져오고 무엇이 부족합니까. 게다가 우리는 사람처럼 목욕을 하고 화장을 하고 예의 법도를 지킬 필요도 없습니다. 왜 화장이 필요하고 목욕이 필요합니까. 먹고 싸고 뒹굴고 그게 진짜 행복한 여유가 아닙니까. 우리를 사람들이 얼마나 부러우면 복돼지라고 합니까. 귀여운 아기를 복개, 복호랑이, 복늑대, 복나비, 복소, 복두더지, 복여우라고 하는 소리 들어보셨습니까? 오직 우리를 복돼지라고 하는 것만 보아도 우리가 얼마나 귀하고 행복한 존재인데 무엇이 아쉬워 사람이 되겠습니까? 꽥꽥!"

원숭이한테

하나님은 사람과 비슷한 원숭이한테 물었습니다.

"너는 사람과 닮았으니 사람이 되고 싶겠지?"

원숭이가 갑자기 시끄럽게 소리쳤습니다.

"끽끽끽! 끽!"

"그 무슨 방정맞은 소리냐?"

원숭이가 뒤통수를 긁적이며 대답했습니다.

"그건 우리들이 상대를 비웃을 때 내는 소립니다."

"무엇이? 나를 비웃는 소리였더냐?"

"아닙니다. 사람을 비웃는 소립니다."

"너 같은 것이 감히 사람을 비웃다니 무엄하구나!"

"복잡하게 사는 사람들이 우스워서 비웃었습니다."

"무엇이 그리 복잡하다는 것이냐?"

"사람들은 그물처럼 보이지 않는 법을 만들어 놓고 걸리면 감옥에 가두고 때립니다. 또 어른들은 어린 것들이 그 앞에서 담배를 피운다고 장유유서를 모른다고 불만입니다."

"허허, 네가 장유유서도 아느냐?"

"우리 원숭이들은 법이 없어도 나이 많은 순으로 질서를 지킵니다. 그게 장유유서지요. 사람들은 옷을 만들어 입고 다니지만 우리는 이렇게 좋은 털로 싸여서 춥고 더운 걸 모르고 삽니다. 사람들은 구두를 신고 다니지만 우리 발바닥은 두꺼운 가죽으로 되어 있어서 아무것을 밟아도 다치지 않습니다. 그리고 나무도 올라가고 싶으면 언제나 마음대로 올라가 나뭇가지를 타고 잠도 잡니다. 사람이 우리만 합니까?"

"허허, 또 할 말이 있느냐?"

"말로 하자면 한이 없습니다. 사람들이 윤리 도덕을 얼마나 안 지켰으면 하나님께서 성경이라는 계율 법서까지 내리셨겠습니까? 우리들한테는 그런 것이 필요 없기 때문에 안 내리셨잖습니까? 그런데 사람은 하나님이 내린 율법을 지키지 않는 것들이 더 많습니다."

"사람한테 것들이라니! 그래서 사람이 되고 싶지 않다는 것이냐?"

"불문가지시지요. 왜 사람이 되겠습니까?"

"허허."

사람한테

하나님은 사람이 되겠다는 동물을 찾지 못했습니다.

그러나 사람은 모든 동물보다 잘난 척하지만 동물보다 못하게 욕심에 시달린다는 것을 알고 계십니다.

하나님이 어른한테 물으셨습니다.

"어른아, 넌 무엇이 되고 싶으냐?"

"저는 아이가 되고 싶습니다."

대답을 들으신 하나님이 아이한테도 물으셨습니다.

"아이야, 넌 무엇이 되고 싶으냐?"

아이는 귀엽게 웃으며 대답했습니다.

"빨리 어른이 되고 싶어요."

어른은 아이 때가 좋았던 것을 알고 있지만 아이는 어른 노릇하기가 얼마나 어려운지를 모릅니다.

네 번째 이야기

돌멩이와 민들레의 사랑

나는 학교 길옆에 불쑥 솟아 있는 돌멩이야.

아이들은 지나가다 나를 피하며 눈을 흘기지.

내가 아이들을 피해 주고 싶지만 한쪽이 땅속에 박혀 있어서 어쩔 수가 없어. 그래서 아이들이 지나갈 때는 미안해서 머리를 푹 숙이고,

"얘들아, 조심해. 내 머리 그냥 밟고 지나가."

하고 말하지.

어떤 아이는 내 맘도 모르고 내가 밉다고 발로 걷어차고 제가 더 아프다고 우는 아이도 보았어. 아이가 그렇게 아픈데 나는 어떻겠어? 여름엔 해가 너무 뜨거워 머리가 펄펄 끓고 가을엔 아이들 소풍가는 날 나도 따라가고 싶었어.

겨울엔 눈이 내려 얼어붙으면 얼마나 추운지 몰라. 그러나 봄이 오면 따듯한 볕에 졸음이 오지.

봄이 와서 나는 두 팔을 벌리고 하품을 했어.

"아아, 봄이다 봄!"

이때 허리가 간지러워지더니 내 곁에 개미날개보다도 작은 떡잎이 얼굴을 뾰족이 내밀고 종알거렸어.

"아아! 세상이 보인다, 세상이다!"

떡잎이 얄밉게 나를 힐끔 보기에 물었지.

"넌 누구냐?"

"나! 민들레야, 넌 누구야?"

"나? 너의 아저씨."

떡잎은 금방 상냥하게 말했어.

"아저씨? 반가워요. 난 민들레예요."

"쪼그만 게 인사도 잘 하네."

"아저씨는 여기서 몇 년이나 사셨어요?"

"모른다. 난 머리가 나빠서 내 나이를 몰라. 이 학교 지을 때부터 있었다."

"아저씨, 난 한 살이에요."

"빨리 쑥쑥 자라라."

봄이 깊어지고 비가 내리고 바람이 불고 그런 동

안 민들레는 톱날 잎이 다섯 가닥이나 자랐어.

민들레는 잎으로 내 머리를 쓰다듬으며 물었어.

"아저씨, 시원하시지요?"

"음, 네가 해를 가려줘서 시원하구나."

나는 오랜만에 이마를 민들레 그늘에 묻고 웃었어.

어느 날 민들레는 가슴이 불룩하게 솟았어.

내가 웃으며 놀렸어.

"너 제법 가슴이 불룩하고 아가씨 티가 난다."

"아저씨, 부끄러워요, 놀리지 마셔요."

"때가 되면 다 그런 거야. 학교 아이들도 그랬어."

또 하룻밤을 자고 난 민들레는 불룩한 봉오리에 노란 꽃을 달았어. 내가 들썩거리며 축하했어.

"참 예쁘다. 아주 예뻐. 축하한다."

"아저씨 부끄러워요."

어디서 알았는지 나비가 날아왔어

"민들레 안녕?"

민들레가 방긋 웃으며 인사했어.

"나비 아가씨, 안녕하세요?"

나비가 말했어.

"네가 활짝 피었으니 결혼해야지."

"결혼이 뭐예요?"

"기다려 가르쳐 줄게."

이때 어디서 붕붕 소리가 들려왔어. 얼굴에 털이 부숭부숭한 호박벌이 날아온 거야. 나비가 벌을 향해 소리쳤어.

"저리 가! 왜 왔니?"

"민들레가 예뻐서 왔다."

"이 민들레는 내가 먼저 맡았어."

나비는 뾰족한 침으로 민들레 꽃 속을 꼭 찔렀어.

민들레가 놀라 소리쳤어.

"아! 아야!"

나비가 가느다란 소리로 다정히 속삭였어.

"참아, 처음에는 다 그런 거야."

나비는 꽃 속에서 꿀을 빨아 먹고 멀리 날아갔어.

붕붕붕붕 맴돌던 벌이 또 꽃 속에다 침을 찔렀어.

민들레는 아파서 눈물을 흘리며 돌멩이 나를 불렀어.

"아저씨, 도와주세요."

"나는 도와줄 수가 없구나. 미안하다."

수가 없어서 떨리는 소리로 말했어.

"바람 불 때는 널 가려줄 순 있어도 벌 나비는 ……."

벌도 배가 차도록 꿀을 빨아먹고 날아갔어.

그리고 여름이 올 무렵 민들레는 배가 불룩해졌어. 씨방이 둥그런 배를 안은 민들레는 하얗게 늙었어.

내가 물었어.

"배가 많이 무겁지?"

"부끄러워요."

"넌 젊은 얼굴도 예뻤지만 하얀 머리도 보기 좋다."

"놀리지 마셔요."

"아니야, 넌 엄마가 된 거야."

"아저씨는 언제 할아버지가 되시나요?"

"나는 나이가 들수록 어린애가 된단다."

"그게 무슨 말씀이에요?"

"예전에 나는 커다란 바위였단다."

"정말요?"

"그래, 지금은 땅에 박힌 돌멩이가 되었지만……."

"앞으로는 어떻게 되시나요?"

"세월이 가면 작아져서 모래알이 되어 여길 떠나게 된단다."

"어디로 가시나요?"

"장마가 지면 강물에 쓸려가다가 바다로 가겠지."

"제가 있는 동안은 가지 마셔요."

"너나 떠나지 말거라."

"저는 아저씨하고 오래오래 살 거예요."

나는 빙긋이 웃으며 대답했어.

"너는 곧 떠나게 되겠지만 네 뿌리는 지켜주마."

어느 날 민들레는 하얀 차림으로 인사했어.

"아저씨, 안 되겠어요, 바람이 자꾸 잡아끌어요."

"바람 따라 가거라."

"아저씨만 두고요?"

"암, 품고 있는 홀씨를 안고 멀리멀리 날아야 한다."

민들레는 눈물을 흘렸어.

"아저씨, 나 떠나기 싫어요."

"하늘로 올라가 봐. 아주 넓은 세상이 보일 게다."

민들레 홀씨는 바람에 끌려 멀리멀리 날았어.

"아저씨 안녕!"

민들레 홀씨가 울면서 떠나가자 나도 목이 메었어.

"잘 가거라. 잘 가! 아주 멀리멀리 가거라."

돌멩이 나는 민들레가 안 보일 때까지 손을 저으며 말했어.

"나도 너를 따라

날고 싶다…….

훨훨 날고 싶다, 안녕!"

웃는곰 심혁창 지은 동화집 소개

순서	웃는곰동화꾸러미	순서	웃는곰이야기나라
1	왕따 대통령	1	어부와 잉어의 사랑
2	우리아빠는 국회의원감이 아니에요	2	하하 내가그렇게 무서우냐
3	왕호랑이와 임금님	3	강아지 삼남매
4	행복을 파는 할아버지	4	쉿 이건 비밀이에요
5	두꺼비 공주	5	등 붙이고 코 뽀뽀
6	귀 밝은 임금님	6	넓고 넓은 바닷가에
7	나는 어린 왕자	7	문어선생님
8	헌책방 할아버지	8	바보 노아
9	과학귀신의 전략	9	어린공주
10	으라차차 뚜벅이	10	하여간 아저씨
11	대왕 람세스와 집시	11	노랑머리 키다리
12	행복이 주렁주렁	12	쌤통 구두쇠 영감
13	꽃사슴과 할머니	13	별밤의 속삭임
14	울지 마 엄마	14	왕거북이는 내 친구
15	키다리 바보 삼촌	15	엄마가 장롱 안에 숨었어요
16	날개 없는 천사	16	새들은 알고 있다
17	엄마사슴 아기 사슴	17	몽마르트언덕의 사랑
18	별꽃과 빨간 구두	18	개구쟁이 친구들
19	빈센트 할아버지와 빈의자	19	노숙자 예수
20	동화마을 이장님	20	요술피리
21	은하수	21	쾰른 성당의 뱅뱅이 계단

* 빨간 글씨로 된 책들은 편집중입니다. / 검은 글씨 책은 서점에서 판매 중 / 모든 책은 정가 1만 원 동일